フラグメント

奇貨から群夢まで

秋川久紫

港の人

フラグメント　奇貨から群夢まで

生は狂気に似てゐる。青春とは、生の狂気の最も高揚する時期であり、狂気は、いともやすやすと、自己や他者の破壊の衝動に向かふ。これは、当事者にとつてみれば、深刻な問題であり、他者が、それをどのやうに評しようとも、なんの参考にもならぬこと請け合ひであるだらう。本質的に無方向なエネルギーに悩み苦しんでゐる者に、何を言つてやつても無駄であるだらう。この狂気を幸運にも、死んだり又は犯罪者となつて罰されることもなく、やり過ごしてみれば、青春の当事者には信じられないだらうが、このいかれた生といふものが、愛すべきものに見えてくるから不思議である。すなはち、このいかれた生なるものは、何もないこと、「虚無」よりは、ずつとずつと、素晴らしいのだ、と思へてきて、自分自身の若き日の、または、若者たちの、発情期の動物めく、いかれた、不条理な行動が、愛ほしく思へてきて、がんばれよ、そして、死んだり、殺したりすることなく、何とか生き延びてくれよ、といふ気になつてくる。生から、狂気を削除した場合、何も残らないので、この狂気を許すことが出来ないならば、老年は辛く惨めなものになるだらう。それは、混沌に目鼻をつけるといふ『荘子』の逸話が語るごとく、知性といふ名の、「最もいかれた狂気」に過ぎないのではないだらうか。（武邑くしひ「生といふ名の狂気について」より）

フラグメント

奇貨から群夢まで――目次

函写真　和太守卑良「連蕾文器」（部分）

身代の移転もしくは奇貨の認定を巡るエスキス

《譲与—其の壱》

赫い矢は時に相互的に、時に目的物を代えながら、永続的に放たれ続けるのだ。

【受領割当等の僥倖不算入】

一頭の黄龍が他の黄龍と懇ろになり、いつしか睦み合うことにより受領する割当については、枯れ枝の咲く寺院を染め上げる熱量の多寡に応じて、その全部もしくは一部につき、当該黄龍の書簡に添えられる花弁の構成上、僥倖に算入しない。

《譲与—其の弐》

譲与に音があるとすれば、どんな音なのだろう。それは、劣情を秘めた冬の雷鳴の如き激烈さを伴ったものなのだろうか。それとも、覚醒の兆しを見せる若葉のそよぎの如く、柔らかで初々しい響きを含んだものとして立ち現れるのだろうか。

【喜捨銭の要脚不算入】

わたし、ずっとあなたに喜捨をしていたということなのね。恐らく、精一杯。あなたはわたしが何らかの対価を受けていたはずだとでも考えているのでしょうけど、あなたが差し出したものは、どれも風雨に穿たれると原型を失ってしまうほど脆弱なものばかり。わたしには、林檎一個ほどの重みすら感じられなかったわ。結局、わたしたちの等価交換は成立しなかったということ。そして、呼応する収穫なり、僥倖なりが見つけられないような喜捨の営為は、壁に残された悪戯書き程度の意味しか持たないから、わたしが苦心して造営しようとしていた伽藍の要脚にすら入れてもらえないのね。

《譲与―其の参》

申言書ってさぁ、つまるところ形式に過ぎない訳だよ。だから、そこには花押みたいな厳密な固有性とか、個の同一性なんて求められていないし、小学生が作った芋判だってオーケーなくらいだから、別にドロンの真似事なんかしなくとも、それらしく仮装して作っちまえば、いくらでも徴租奉行所の胃袋に見せ掛けのしおらしさを投げ入れられるんだよ。この機会に暴露しちまうと、譲与税の申言の大半はなりすまし。白孔雀の与り知らぬ所でなされる赫獅子のワンマンショーなのさ。

【認定奇貨】
赫獅子ハ、ジョガイシタ黄龍ノウリアゲヲ、白孔雀メイギノコジンコウザニソウキンシテイマシタ。コクゼイトウキョクトシテハ、黄龍ヨリ赫獅子ニタイシテ奇貨ガシハラワレタモノト認定シ、サラニ赫獅子カラ白孔雀ニタイシテ譲与ガナサレタモノト認定シマス。

《譲与—其の肆》
譲与の本質は等価交換に基づく価値観や生活様式の破壊である。あるいは、その意志や衝動に対する共感を起因とする反射的・呼応的な連鎖である。赫獅子はいつでも白孔雀となり、白孔雀はいつでも赫獅子となり得るが、そこには常にそうした反射や呼応が等価交換に収斂していくことを拒む力学が存在する。その力学の作用によって、計量・計測を通じて図られる均衡の感覚は忌むべきものとして注意深く排除されることになる。ゆえに、譲与を売買の如き営利取引に擬制したり、契約・経済行為の一形式として捉えたりしてはならない。

【交誼銭の要脚不算入】
一頭の黄龍が他の黄龍と交誼の杯を上げ、夜櫻の下、溢れるエクスタシーを浴びて奏でられる音曲の熱源については、軍議に集う知恵者の多寡に応じて、その全部もしくは一部につき、当該黄龍が直轄する城壁群の計量上、要脚に算入しない。

《譲与―其の伍》
衆法第五四九条に規定されている通り、譲与は赫獅子が自身の所有する身代の無償移転を行う旨の意志を示した申込みに対して、白孔雀がこれを受諾する意志を示すこと、即ち、身代の無償移転の計画に関して、赫獅子・白孔雀の双方が自由意志によってこれを是認し、その実現に向けて協力する旨の判断を行うことによって成立する。従って、そこには赫獅子・白孔雀双方の完全なる意志能力・責任能力が存在し、それらのいずれもが当該無償移転の計画につき、これを強制されることがないこと、さらに譲与を行った結果、赫獅子の身代が減少し、白孔雀の身代が増加すること、承継税法第一条の四の規定により、白孔雀に譲与税の申言義務が生じる可能性があることを認識している必要がある。しかしながら、実際には①赫獅子の意志能力・責任能力が不完全もしくは欠落した状態のまま、何らかの枉惑行為を媒介することによりなされるもの、②白孔雀の意志能力・責任能力が不完全もしくは欠落した状態のまま、何らかの枉惑行為を媒介することによりなされるもの、③白孔雀に意志能力・責任能力は存在するものの、赫獅子及びその係累等の関係者が何らかの枉惑の手段によって一方的に譲与契約書の作成や譲与税の申言書の提出などを行うことにより、譲与行為の存在を仮装しており、白孔雀が譲与がなされた旨の事実自体を知らされていない場合などが散見される。

凋落と情動を巡るエスキス

《凋落―其の壱》

今、立っている地表が崩れ、物の輪郭が失われていく瓦解の感覚の中に、例えば一割七分を超える確率に否応なく馴染んで来たであろう蓋然性としての凋落が含まれている。

【碧―復唱】

こんな風にあなたが私の言葉を復唱するのを聞いていられるのは、何て心地良い時間なのでしょう。まるで幼子の頃に戻って、柔らかい手で優しく頭を撫でられているみたい。でも、あなたはやがてそんな復唱の言葉を見限り、徐にポケットから取り出した野獣の言葉で私の髪をくしゃくしゃにする。

《凋落―其の弐》

若き日の盛夏の夕刻、身の丈に合わぬ〈勝ち〉を夢みて箪笥の奥に血の文字で「壱千万円」と書いたアネクドートは、やがて血判者が当該金額の何倍もの〈負け〉を享受しなければならなくなった時、シナモンの香りを帯びた甘い幕間の余興として、音のない残響を伴いつつ、何処にでも転がっている退廃的な不条理劇の一場面を構成する。

【優花—攪拌】

階段教室に置かれた大きな机の縁で、白衣に身を包んだ君がどんな触媒を選び、何を攪拌しているかについては、ひとまず訊かないことにしよう。問題は君が手にしている小さな瑠璃色の硝子棒に関して、その耐熱温度は元より、緩やかな回転の動作に仮託された慈愛の深度すら、僕には到底知り得ないということなんだ。

《凋落—其の参》

学舎に差し出す調査書や連絡票なんかに本当のことを書けるのは、とても幸せなことなんだって、どれだけの人が気付いているんだろうか。凋落に陥った一角犀の親子は、それらの申言に慎み深い加工を施し、丁寧に刻を数えながら、ただ蹲って地表の紋様や風合いの変化を眺めているしかない。

【藍―抱擁】

キミタチハイツダッテ概念ヲ抱擁スルガゴトキ営為ニトリワケネッシンダッタ。ソシテ、ソノ概念ガイツシカ熔解シテナガレダシ、視界カラスッカリキエテシマウ可能性ナンテ、カンガエテモミナカッタノサ。

《凋落―其の肆》

駿馬の狼狽を携えながら夜のしじまをただ一散に逃げてゆく時、粗忽な紅麒麟の鬣に夢を盗まれないよう、気紛れな一角犀の白尾に望みを砕かれないよう、打ち棄てられた厳冬の轍を心して往き過ぎなければならない。

【絢音―埋没】

歓喜の果ての埋没と、凋落の果ての埋没とに違いがあるとしたら、それは感音フィルターの疎密度に起因する流動性の差異によるものだろう。さらに言えば、不可逆の虚空に煮立てたカルアミルクを注ぎ込むことによって、決定的に不足した情動の熱量を補完し、凍えた魂に真新しい艱難の上着を羽織らせることだって難しくはないんじゃないだろうか。

《凋落―其の伍》

凋落予定者、正確には幾頭もの紅麒麟に対して約した光路の全部または一部につき、踏破不能に陥る可能性のある一角犀は、各紅麒麟との係累関係の有無や交誼上の親密度に拘わらず、当該光路群の踏破にあたって、これに優先等級を付すことが出来ない。即ち、刻を待たず凋落する懸念のある一角犀は、光路幅の広狭に応じた比例配分の考え方を基本として、全ての紅麒麟を同列に扱わねばならず、如何なる理由があろうとも、特定の紅麒麟に対して優先踏破をなす権利を持たない。衆法第四二四条等の諸規定は、この法理に違背した営為への対処を通じて、これを背面から律したものである。

火焔と屹立を巡るエスキス

《火焔交易—其の壱》
双頭の黄龍は振り向きざまに火焔を吐く。偏に身を浄めて結界を張るために。

【パラレル】
俺たちはいつだって互いに交わり、心や力を分け合っているつもりになっているけれど、本当はみんな、ただパラレルに屹立しているだけじゃないのか?

《火焔交易—其の弐》
私、あの黄龍のオフィスで仕事をしている訳でもないのに、何故か毎月、爪と牙のロゴマークの刻印と共に私の口座に定額のお金が振り込まれて来るのよ。あのガッチャマン、一体どういうつもりなのかしらね。ひょっとしたら、律儀にタイムカードを捏造したり、給与台帳に「テーラー・スイフト」なんて、ありもしない名前を書き込んだりしているのかしら。

【位相】
僕が依って立つ位相の一部に決して君が辿り着くことが出来ないように、君がやがて享受することとなる位相を畢竟、僕は見届けることが出来ない。

《火焔交易—其の参》
不服申立人の黄龍ガエガイタ一連ノ仮装アルイハ枉惑ノ絵図ハ、詐術ニヨッテコッコザイカヲ窃盗シテイルノトナンラカワラナイモノト思料シマス。

【階段】
私が漸く昇り始めた階段を、あなたは正に今、降りようとしている。二人が擦れ違う様を写した立面図が燃えても、世界は別に哀しんだりしないでしょう。

《火焔交易—其の肆》

如何に悪辣な黄龍でも、依拠する者の係累の日常を支える側面を持っているということ。無闇にその交易を断罪すれば、決壊する血脈があるということ。

【日時計】

ねぇ、試しに日時計の上に裸で寝そべってみてよ。それでね。日輪と寝るのと黄金と寝るのとで、どっちの方が無になれるのか、私に教えてくれない？

《火焔交易—其の伍》

黄龍税法第一三二条第一項が、係累黄龍と非係累黄龍との間の徴祖負荷の均衡を維持する趣旨であることに鑑みれば、当該営為又は計量が、理財上の合理性を欠く場合には、相互に情交関係のない冷却者間で行われる交易とは異なっているものと解するのが相当であり、その判断にあたっては、個々の黄龍が吐く火焔の状況や、その熱量に即した検討を要するものと解すべきであろう。

デジタルフォレンジクスと花鳥風月を巡るエスキス

《デジタルフォレンジクス—其の壱》

あなたのことは早々に私がフォーマットしてしまったわ。もちろん、私が目論んだ〈零落〉のファイル形式によ。だから、誰にもあなたの心なんか読めやしないし、ましてや新しい未来を書き込む余地なんて何処にもありはしないの。

【犯意—花】

犯意を仮想の記憶媒体に移し替えること。詐術を透明な液体に昼夜浸すこと。淡い苦悩をシンプルな記号へと換装すること。二進法の言語で愛すること。

《デジタルフォレンジクス—其の弐》

パーマネント・トラベラーにとって電磁データは一角獣の角みたいなものさ。もし完全に見えなくしたら、自分が一角獣だって分からなくなっちまうだろ。

【騒擾―鳥】

大地の渇きを慰撫に代え、嬾惰な果実を嘴に挟んで。
新雪のあわいに交接を仕掛け、頑迷な渓流を騒擾に似せて。

《デジタルフォレンジクス―其の参》

解析したイメージファイルの中に、ビリー・ホリデーが送信したと思われるメールが混じっているって？「Why not take all of me?」という文面は、ひょっとしたら国税への挑戦なんじゃないかって？ 莫迦言ってんじゃないよ。

【諜報―風】

犯罪関連通信の傍受は、裁判官が発令した傍受令状が風神の怒りに触れて虚空を舞い、全ての文字が断片化して解読不能となった場合にのみ許容されている。

《デジタルフォレンジクス―其の肆》
ブカガスベキ仕事ヲジョウシガシテイルコトヲシメス君臣転倒ノ記録カラ、本事案ノ主犯格ハ、ブカノオンナデアルコトガ推認デキマス。

【密命―月】
計画なんて、簡単に変わってしまうし、標的だって四六時中動いているのよ。結局、自分の居場所を見失わないためには月を見続けているしかないんだわ。

《デジタルフォレンジクス―其の伍》
カヴァーの中にオリジナルが含まれているなんて、誰も考えたりしないものなんだ。だから、輸出免税取引のデータは「ヴィーナスの誕生」の画像ファイルに、課税仕入れのデータは「カノンロック」の動画ファイルに、商品循環のデータは「月下渓流図屏風」の画像ファイルに、各々市松模様の法被を着せて、綺麗に埋め込んじまってあるという寸法さ。

＊デジタルフォレンジクス―検察・警察・国税などが、ＰＣを起動することなく、そのハードディスク上のデータをイメージファイルにコピーして解析し、削除された通信履歴や取引履歴等のデータを抽出して、犯罪捜査の証拠とする法的手続き。

＊パーマネント・トラベラー―脱税のために定住をせず、生涯を旅行しながら過ごす人々のこと。

ベリーソーダと歌舞音曲を巡るエスキス

《ベリーソーダ―其の壱》

赤や紫に色付く果実のコンポート。今すぐ歌磨の牢に持っていってやろうぜ。

【巧言―歌】

詩人なんて、一番信用出来ない人種よね。信じてもいないもののために言葉を紡ぐのよ。さらには、愛してもいないもののために情熱を開花させるんだわ。

《ベリーソーダ―其の弐》

炭酸水につけこんだメロンを頬張っていると、滅多に感情を見せない君が、僕の口の中で暴れているような気持ちになるんだ。そして、ようやく表に出て来ることが叶った君の思いを、もし僕がうまくクエン酸と重曹とに分解することが出来たら、世界はもっと平らかになるのに。

【令色―舞】

アノ時、アナタガミセタ一瞬ノ視線ノ矢ニ射抜カレテカラ、ワタシハ舞踏ノウチニ壮絶ナ戦イヲミルヨウニナリマシタ。アナタヲ強クリスペクトシナガラ。

《ベリーソーダ―其の参》

読了したばかりの「檸檬」から絞った果汁にアサイージュースを混ぜ、そこにhontoで取り寄せた一粒のフランボワーズを添えてみたら、どんな気詰まりな観念だって、やがて正体を無くして蕩け出すだろう。

【黙契―音】

他者を意のままにしようとして生じる歪みに苦しむなら、彼方の小川のせせらぎに耳を傾け、森羅万象を愛でて、ただ創造のための黙契に殉じた方がいい。

《ベリーソーダ―其の肆》

レッドカラントったら、酸っぱさを前面に押し出して抜け駆けしたのよ。ブラックカラントやブラックベリーが律儀に甘みを蓄えているうちに。せめて、気弱なワイルドストロベリーくらいの慎み深さを身に付けたらどうなのかしら。

【秘旨―曲】

僕らは失態を繰り返しながら、喝采の裏に潜む小さな違和や痛罵の奥に佇む無音の拍手を聞き分けるために、たくさんの戯曲を書いていくしかないんだよ。

《ベリーソーダ―其の伍》

六曲屏風の右から二扇目、棚引く霞の切れ目から覗く楊梅の赫い実。この金地の一隻を宗達がくれた時、俺は何だか無性に喉が渇いてしまったものだから、たくさんの女たちが奏でる翳りと哀しみを道連れにして、水中に遊ぶ気泡の如き〈桃山〉という時代の全てを飲み干してみようか、なんて考えていたのさ。

デッド・エクイティ・レシオと緑黄色野菜を巡るエスキス

《デッド・エクイティ・レシオ―其の壱》

あなたの自己資本は、一体どこにあるというの？　カッコばかりつけているけど、私のこと、盗み見してばかりいるじゃない？　相応の利子はきちんと払ってもらいますからね。それと、表に出せないような純資産しか持ち合わせていないというのなら、弁済期間はスーパー短期しか受け付けなくてよ。

【パプリカ】

熱風と共にやって来た色とりどりの風雲児たち。いつも艶やかな表象を保っているように見えて、実はそれなりにハードな苦悩を抱えているんだぜ。

《デッド・エクイティ・レシオ―其の弐》

資産の奥深く突き刺さった幾本かの矢を抜き、負債に含まれる沼沢を漸く泳ぎ切った後、それらの報奨さながらに蒼く透き通った資本が軽やかに踊り出す。

【ホウレンソウ】
君の内側にそんなに危うい毒素が含まれているなんて、僕は考えもしなかったんだよ。だから、大人たちが〈灰汁抜き〉と称して、君の一部を否応なく剝ぎ取ろうとするのを見て、僕は何だか、とても哀しくなってしまったのさ。

《デッド・エクイティ・レシオ―其の参》
端から真理とは対極の位置にあって、安全性の砦をブルドーザーで壊していくが如き蛮行。経営なんて、要はアジテーションと同じなんじゃないのか？

【ニンジン】
油や水は元より、百戦錬磨のスライサーや、ガンマンを撃ち抜く夕陽なんかとも相性がいいって、相当したたかなヤツってことだよな。

《デッド・エクイティ・レシオ—其の肆》

回収見込ノナイ債権ヤデフォルトシタ社債等ヲ闇市デ売ル者ヲ詩人トイフ。

【カボチャ】

低温でじっくり加熱しなきゃ、甘くはならないの。その滋味は、不自然な加圧なんかでは絶対に出せないものよ。それがどういう意味だか、分かるでしょ？

《デッド・エクイティ・レシオ—其の伍》

なぁ、財務諸表にロマンやファンタジーなんて求めちゃ駄目だって。インタレスト・カバレッジ・レシオは高水準を維持し、デッド・エクイティ・レシオは出来るだけ低く抑える。そんな基本が分からないお前じゃないだろう。破綻したくなかったら、即刻、あの女からの資金調達を止めるんだ。まぁ、お前が調達しているのが、実際には資金なんかじゃないことくらい知っているけどな。

＊デッド・エクイティ・レシオ―経営や財務体質の安全性を見る指標の一つ。貸借対照表における「有利子負債／自己資本」で表され、小さいほど良い。
＊インタレスト・カバレッジ・レシオ―経営や財務体質の安全性を見る指標の一つ。損益計算書における「事業利益／支払利息・割引料」で表され、大きいほど良い。

バーチャル・コーポレーションと止血鉗子を巡るエスキス

《バーチャル・コーポレーション──其の壱》

そもそも全てのキャストが天使を演じるという前提だから、オーディション崩れの頭の悪い連中が、演出家や舞監に食って掛かる心配など、皆無と言っていい。シナリオの拘束力だって極めて緩やかでフラットだ。要するに、この芝居の最も優れた所は、キャストの位相に一切の優劣がないということなんだよ。

【ペアン鉗子】

ナースがドクターに手渡した無鈎のペアンは、オペレーションに居合わせた一部の者の心を惑わせる。まるで室内楽を構成する弦楽器の粗い吐息のように。

《バーチャル・コーポレーション──其の弐》

効率やコストも確かに大事だけど、そんなこと、本当は二の次でしょ？　あたしたちはいい演奏をするために、気紛れだけでセッションを組んでいるのよ。一番大事なことは、地の果てまで行っても手練れを集めることじゃなくて？

【モスキート鉗子】
高圧滅菌の後、モスキートたちの一つは保管庫から逃げ出してしまうだろう。それを非行と見るか、離反と見るかは、飽くまで無意識の領域に属する話だ。

《バーチャル・コーポレーション―其の参》
ワズカ五人ノ射手デ千人規模ノ空軍ノ機銃掃射ヲ仕掛ケルタァ洒落ッ気千万。

【ケリー鉗子】
常に深みの中にいて、苦悩の荒波に曝されている。一番優雅そうに見えて、実は一番扱いの難しいケリーとうまくやっていけるようになれば、一人前だよ。

《バーチャル・コーポレーション—其の肆》

技術は大地で、財貨は鳥獣、販路は星で、物流は海なのよ。つまり、あたしたちはネットワーク上で天地を創造しているの。七日目の休暇など返上してね。

【コッヘル鉗子】

ドクターがナースに投げつけた有鈎のコッヘルは虚空を切り裂きつつ、宇宙への扉を開く。そんな風にして、誤謬が可能性を生むことを〈天啓〉という。

《バーチャル・コーポレーション—其の伍》

この計画を遂行するにあたって、君に最も反時代的な看板描きを任せようと考えたのは、君がデジタルの世界で極めて個性に富んだマーケティング戦略を駆使して、前人未踏の実績を上げて来たからだ。ただし、今回はアナログだ。闇を彩りながら疾駆する麗しき能楽師と、光を自在に操って世界を裏返す孤高の舞踏家をモチーフとして、一世一代の無価値な看板を描き上げてもらいたい。

＊バーチャル・コーポレーション―ネットワークを利用して、必要な人材や技術、ノウハウを外部から調達し、組織化することで、コストの削減、意志決定速度の飛躍的向上を実現するビジネスを展開する企業形態のこと。仮想企業体。

フリンジ・ベネフィットと天地無用を巡るエスキス

《フリンジ・ベネフィット――其の壱》

あなたは私が取り付けてあげた補助輪に支えられないと、隣町にすら独りで走っていけないんじゃなくて？　ましてや、市場をスマートに往来する鯔背な大車輪を自分の脚だけで転がしているなんて思ったら、とんだ大間違いだわ。

【紅葉――天】

散りゆく紅葉を辞世に詠み込むのも素敵だけど、僕は出来ることなら、天を突き上げるようにして昇っていく群舞する黄葉の姿を君に見せてあげたいんだ。

《フリンジ・ベネフィット――其の弐》

その昔、とち狂った自治体が巧妙に練った公金横領のカラクリにメスが入ったらしいんだが「〇シティ名の刺繍入り作業服は確かに職員に貸与されておりました」なんてほざく悪代官の弁明に、天下の国税も相当手を焼いたらしいぜ。

【桔梗―地】
白桔梗を手折り、地に伏せる者は、やがて五枚の花瓣に刻まれた謹厳、饗応、礼節、殉死、恋のいずれかの姿を活写した幕間劇を演じることになるだろう。

《フリンジ・ベネフィット―其の参》
水や風の力を借りないと、身を横たえる場所すら確保出来ないのは、俺たちが無償同然で住まわせてもらっているのが、赫く燃え盛った火の家だからさ。

【撫子―無】
あの人がサルビアでもチューリップでもなく、迷わず撫子を盗ったのは、恐らくたくさんの無に囲まれて、慈しみの断片を探すしかなかったからなんだよ。

《フリンジ・ベネフィット―其の肆》

MOFの連中ったら、気泡が忽然と霧散して以降、かれこれ二十年以上バーゲンセールを続けてたわね。そんなに物納されたくないなら「国はゴミ箱じゃないのよ」なんて言う前に、まずゴミに課税するのを止めたらどうなのかしら？

【銀杏―用】

肩ヲ擦過シテユク銀杏ノ葉ノ用ムキハ、タダ虚空ト金色ノ密約ヲカワスコト。

《フリンジ・ベネフィット―其の伍》

僕はあの時、龍に乗って宙を駆けているようなつもりだったのだけれど、どうもヤツらはそんな僕に、路面を這いつくばって亀の後を追っている姿を重ねていたようだね。要は悪辣な神々の企みに端を発して出資購買割引券を配られたからといって、そいつを世紀の僥倖だと考えるのは早計であって、飽くまで特命拝受の形態に似せたシノギの見返りと捉えなきゃいけないみたいなんだよ。

＊フリンジ・ベネフィット―給与所得者に対して給料・賃金以外の方法によって雇用主から与えられる経済的利益の総称。その多くが通達によって非課税とされているが、この取扱いは明らかに憲法が定める租税法律主義、租税公平主義と矛盾している。

＊ＭＯＦ―「Ministry of Finance」の略称。旧大蔵省、現財務省のこと。

＊出資購買割引券―ストックオプションのこと。

クロックマダムと近現代建築を巡るエスキス

《クロックマダム―其の壱》

ここの劇場総支配人は人麻呂で、舞台監督はゴーギャン。めったに姿を現すことのないオーナーの持統帝は、燃え盛る焔の戦場を舞姫が駆け抜ける時に限って、ブラームスにプロデュースを頼んでいるらしい。さぁ、開幕の刻限だぜ。

【朝香宮鳩彦王邸―一九三三年】

ソロソロ、癒シノ源泉ガ合理性ヤ規則性ニアルコトニキヅイタラドウナンダ？

《クロックマダム―其の弐》

何なら、デヴィッド・ギルモアの典雅な食卓を覗いてみるといい。繰り返し「dark side」に通い詰めたヤツほど、生硬な詩行をフライパンで加熱し、そこに陽気なメタファを加えた「sunny side」のブランチが似合うものなんだ。

【最高裁判所――一九七四年】
日月のタペストリーが主文の音域を自動的に半音上げてしまう仕組みなんだ。さらに、花崗岩の壁面が棄却や破棄差戻し理由を室内楽に変えてしまうのさ。

《クロックマダム――其の参》
荒くれ者の演劇人や映画人たちって、何でみんなマダムに夢中になっちゃうのかしら。その昔、若きチェット・ベイカーすら現を抜かしていたと聞いたわ。賢い女だから？　それとも隙間なく貼られた昔のチラシやポスターのせい？

【住吉の長屋――一九七六年】
中央に禅的な空間を配したのは、無機と有機のアンビバレントな融和を図りたかったから。建坪を三分割したのは、ただ軽快にワルツを踊りたかったから。

《クロックマダム—其の肆》

俺はここでムッシュを頼んだはずだぜ。そこにハードボイルドなマダムのお出ましかよ？参ったな。いっそのこと、半熟のツンデレ娘に替えられないか？

【旧京都府庁本館—一九〇四年】

ここは遷都以来、常に様式の変転に見舞われて来たのよ。ネオルネッサンスの外観を嗤うのは勝手だけど、保護と破壊って、実は等価なんじゃないかしら。

《クロックマダム—其の伍》

僕が毎日せっせとライ麦パンを焼いているのは、言うまでもなくマダムに届けるためさ。もちろん、カリンの匂いに満ちた彼女の部屋を訪れるためには、四肢の一本くらい失う覚悟が必要なんだけど、僕にだって地雷が仕掛けられた場所くらい見極められるし、吹き矢や毒針程度なら、いつでも叩き落とせるさ。だって、マダムはハムとチーズでオセロをしながら、僕を待っているんだよ。

＊朝香宮鳩彦王邸—東京都港区所在。旧白金迎賓館、現東京都庭園美術館。アールデコ様式の瀟洒な洋館であり、内装の基本設計はフランスの室内装飾家、アンリ・ラパンによる。

＊最高裁判所—東京都千代田区所在。岡田新一の設計による国の公共建築物。一九七四年、第二六回日本建築学会賞作品賞を受賞。

＊住吉の長屋—大阪市住吉区所在。安藤忠雄の設計による民間住宅。一九七九年、第三一回日本建築学会賞作品賞を受賞。

＊旧京都府庁本館—京都市上京区所在。松室重光の設計によるネオ・ルネッサンス様式の外観を持つ日本最古の官公庁建物であり、一九七一年まで京都府庁の本館となっていたが、現在は府政情報センターや会議室として使用されている。重要文化財。

プライマリーバランスと糖質制限を巡るエスキス

《プライマリーバランス―其の壱》
あなたは金融政策をしているんだって吹聴しているみたいだけど、本当は私に財政ファイナンスを仕掛けているだけなんでしょ？　私に投資した人たちが抱くデフォルト懸念を、そんなチープな脚本なんかで払拭させられるのかしら？

【キャラメルフラペチーノ】
ハチミツニ、チョコチップヲノセ、ホワイトモカシロップノ泉ヲ游グンダ！

《プライマリーバランス―其の弐》
最初からこの世界に会議なんて存在しないんだよ。与太者たちの棒読みや自画自賛を聞いているくらいなら、踊った方がましなんだ。この世界の全ての会議の価値は、正確かつリズミカルに踊り続けることの価値にすら及ばないのさ。

【雑穀米】
美容と健康のためって言うと、さも尤もらしい感じがするけど、雑穀そのものを食わずに、白米に少しだけブレンドしようなんて根性が気に入らねぇなぁ。

《プライマリーバランス―其の参》
いいか。キャッシュフローを改善する方法は三つしかないんだ。一つは収穫の時期が印字された暦を刷り直すこと。一つは寒暖を司る座標軸を反転させること。そして最後の手段が魂を啄む赤い鴉の〈流浪の軌跡〉に従うことなんだ。

【バナナ】
たとえ濡れていても、どれだけ肌が美しくとも、堂々と値切っていいんだわ。ダッチ・オークションがいけないだなんて、何処の唐変木が言っているのよ。

《プライマリーバランス—其の肆》
租税を全く負担することのない無頼漢たちにだって、基礎的財政収支の問題はあるんだぜ。みかじめ料や非合法薬物売買益の額と、上部団体に支払う会費の額とが見合ってないなら、当面、暴力債券を発行してしのぐしかないだろ？

【トウモロコシ】
カールが列島を分断したって、革命など起きなかったじゃないか。みんな自分の手を汚すくらいなら、コーンスナックなんか滅びても構わないってことさ。

《プライマリーバランス—其の伍》
君は「これじゃ、感情の収支が合わない」なんて言うけど、僕はそもそも量的な均衡の問題を心の分野に持ち込むべきじゃないと思うんだ。確かにそれが余剰なのか不足なのかという感覚はあるかも知れない。だけど、そんなものに意識を砕いて、わざわざ内面の試算表を作成するなんて、莫迦らしくないかい？

＊ダッチ・オークション―オランダの生花市場で採用されているオークションの方式。日本では、大正時代初期に門司港で発祥した「バナナの叩き売り」で採用され、種田山頭火がこれをモチーフとした句を残している。

コーポレートスレイヴと徳川家霊廟を巡るエスキス

《コーポレートスレイヴ――其の壱》

そもそも宴席やリクリエーションなんて、歓待や慰労のラベルが貼り付けられた潜在意識の検証の場だと思わないとダメよ。イノセントな諜報スレイヴたちのカメラを前にして、不用意に素の自分を曝け出すなんて、愚の骨頂だわ。

【東叡山寛永寺】

君が色鮮やかな朱色のショールを纏っているのは、ここにある夥しい伽藍を恋の焔で包み込むためなのかい？　それとも、邪鬼と語らい尽くして、真剣を見切ったり、鎖鎌の分銅を躱したりといった寛容の所作を楽しむつもりかい？

《コーポレートスレイヴ――其の弐》

スレイヴマスターは往々にして、スレイヴァーから買ったスレイヴなら有用に違いないと〈愚考〉するんだ。彼らには勝手に思い描いた利回り計算の期待値があり、スレイヴァーの方にだって、一応の瑕疵担保責任がある訳だからね。

【三縁山増上寺】

三門ヲトオルノナラ、ツイデニ俺ヲ尾行シテイルヤツラノ煩悩トカ、依頼主ノ資金源ナンカヲ、キレイサッパリ洗浄シテオイテクレルトアリガタイナ。

《コーポレートスレイヴ—其の参》

ここでは、しばしば憲法よりも刑法が優先される。さらに言えば、技量よりも互換性が、矜持よりも網羅性が、韻律よりも名目利益が尊重される。つまり、綴じ糸が見えない透明な脚本を与えられようが、乱丁・落丁だらけの戯作本を渡されようが、いつでも即興で小粋な芝居を演れちまう役者は疎まれるのさ。

【日光山輪王寺】

寛永年間の薬師堂はもうない訳だし、要はこの建物の残響特性が良好だというだけでしょ？　天井画の龍が鳴くとかじゃなく、このお堂に来て祈りを捧げる人は、みんな立ちつくして声を立てずに泣いているという方が素敵じゃない？

《コーポレートスレイヴ―其の肆》

マスターたちの光や影を追うことしか頭になくて、自分の手を見ることも忘れて黙々と荒野を走れるような輩が一番始末に負えないんだよ。やがてその手が赫黒く変色して、無慙に罅割れていくことにすらまるで気付かない連中が。

【久能山東照宮】

遺言なんて、概して承継する者の都合で「書かされる」ものだろ？　朝廷に神号を贈らせたことも含めて、破格とも言える権威付けの励行は仕組まれたものとしか思えないし、そもそもここに眠っているのは本物の大御所なのかい？

《コーポレートスレイヴ―其の伍》

LanScope Foxの如き監視ソフトは、通常、メンテナンス作業の外見を仮装しながら、スレイヴが三日以上の休暇を取得している期間中に、密かに各スレイヴの専用端末にインストールされる。ターゲットのスレイヴには、事前に推奨の形式を取りつつ、恩賞としての連続休暇の取得が義務づけられ、カオナシの仮面を付けた特命部隊により、当該作業は飽くまで粛粛と遂行されてゆく。

塚本千春とシングルハーブを巡るエスキス

《塚本千春—其の壱》

僕らは知らぬ間に眠りが罪過と踊っている様子を何一つ異議立て出来ずに眺めているしかなかった。そうして、罪過が物憂げな表情のまま、あどけない眠りを抱き寄せた時、パラソルと機関銃を手にして街へ繰り出すことにしたのさ。

【ハイビスカス】

大切な演目の日には薔薇の茎を銜えるのよ。だって、紅く彩られることもなければ、強い酸味の中に晒されることもない脚本なんて、つまらないでしょ？

《塚本千春—其の弐》

義侠心とか、正義感といったものに駆られた者たちの滑稽さは、しばしば思考の硬直と柔軟性の欠如といった形で具現化される。彼らは易々と罠に掛かり、明日を見限った仕掛人が店仕舞いするまで、謀られたことにすら気付かない。

【ペパーミント】
本来、夢に清涼感など入りこむ余地もないはずなんだが、新月の夜になると、時折、そんな風情のある夢を見させてくれる手練れの能楽師が現れるものさ。

《塚本千春―其の参》
貴女には以前に一度、どこかで出会ったことがあるような気がします。それは確か、ケレン味を含んだ芝居の幕間だったと思うのですが、舞台袖に蹲った僕は、受刑者の面持ちで貴女の不可逆的な欠落に関する独白を聞いていました。

【レモングラス】
アノ人ニハ薬効ノ力ガアルカラ、一緒ニ居ルダケデ揺籠ニ揺ラレテイルヨウ。

《塚本千春―其の肆》

もう少し雨脚が強くなって来たら、聖者の亡骸を北の海に帰そう。古い恋歌の伴奏を道連れにして。詐術に飽きた悪漢が不意に獣の姿で咆哮したくなるほど哀しげに。イノセントな天使が思わず寒空の角を叩きたくなるほど愉しげに。

【カモミールジャーマン】

狂いが生じ始めたデッサンを規則正しい音階に復調させるためには、膝を折って手足の力を抜き、窓枠を意識しながら、呼気を整えていく必要があるんだ。

《塚本千春―其の伍》

この世界は〈逃げる者たち〉で溢れかえっていない？　無論、自身のダメージを回避するためなら、誰かに致命傷を与える蓋然性など考えられない状況下での緊急避難と認定されて、最初は守られるわ。でもねぇ。そうやってダメージを回避しようとする者は、結局どこかで別のダメージを受けることになるの。そんな風に新天地を求めようとしても、どのみち最後まで逃げ切れないのよ。

＊塚本千春──桜木紫乃「星々たち」（実業之日本社）の主人公。

起業家とサーヴェイランスツールを巡るエスキス

《起業家―其の壱》

正月には松を祝いに訪れた係累たちのため、自宅に板前が呼び寄せられ、色とりどりの握り寿司やお造りが振る舞われた。朱色の絨毯は曲芸を披瀝する妖狐の脚で埋め尽くされ、檜板の卓上では虚を打つようにして翠龍が舞っていた。

【監視専用サーバー】

知らぬ間に送信メールのアドレスがグローバルからプライベートに変更されていたのは何故だと思う？　受信はともかく、送信メールに限っては、外部に出ていく前に、全てのデータを内部サーバーに吸い取っちまおうという魂胆さ。

《起業家―其の弐》

畏怖と原罪にまみれた女たちに欲望の加減乗除と嘘の演劇哲学を訓示した後、無意識の曠野を彷徨く野獣の背に降ったのは（黄金の紙幣ではなく）鉛の雨。

【全方位式カメラ】
マイクにだって単一指向性のものと無指向性のものとがあるでしょ？　全方位のカメラって、無指向性のマイクなの。つまり、死角を無くすことを優先して画質に目をつぶっている訳。だから、文字なんかクリアに写せっこないのよ。

《起業家―其の参》
気性が激しく、ムラッ気のある者は、時に多くの者を道連れにして局地的な砂嵐を巻き起こすことが出来る。だが、人々が眉間に皺を寄せ、強い風圧に身を歪めている間に自らも視界を失ってしまう蓋然性があることに思い至らない。

【尾行】
有能ナスレイヴヲ罪過ノ枠ニ押シコメ、ソノ影響力ガ行使サレルコトヲ未然ニ防グトトモニ、王制ノ盤石タルコトヲ維持スルタメニ採ラレル裏稼業ノ手段。

《起業家—其の肆》

理不尽な命運を引き受けさせられた者たちは、そこに理不尽を重ねることで互いを愛おしむ。小さな反抗ののろしは幾度となく上げられた。そして、ゴッドファーザーを演じた人物は、血の繋がらない娘に対して繰り返し手を上げた。

【スマートデバイス】

月曜日には、前週のスレイヴたちの平面移動、ＷＥＢ閲覧、電話の発着信などの各履歴が集計された一覧表が内報される。ただし、通電がない場合、通信手段が遮断された場合、デバイス自体が廃棄された場合には、この限りでない。

《起業家—其の伍》

君たちはまだ若いから何も分かっていないようだけど、商いのキワの部分を動かしているのは、いつだって極悪人とその取り巻きたちなのよ。あるいはヤツらに従うフリをしてその上がりを掠め取ろうとする利権の亡者たち。ピュアな気持ちで起業したいという気持ちも分かるけど、ゴロツキの仕掛ける闇討ちや火付けに遭うリスクも考慮しておかないと、二度と立ち上がれなくなるわよ。

杉山寧とデバイスマネージャーを巡るエスキス

《杉山寧──其の壱》

ねぇ、自分の誕生日に死ぬなんて、そんな器用な真似を出来る人が一体どれだけいるのかしら？　晩鐘と小鳥の囀りを同時に聴くなんて、賑やかでいいわ。対極でも内包でもなく、同化よ。やはり不世出の秀才がやることは違うわね。

【ヒューマン・インターフェイス・デバイス】

この界隈のデバイスは愛と覚醒に満ちている。扇子、書見台、三面鏡、曲線のある建物、補助輪付き自転車、差替式ドライバーにムーンフェイズの腕時計。

《杉山寧──其の弐》

才気迸る卒業制作を描く画学生はいくらでもいるが、枯れ野の中に点在させた生命の裡にアンファンテリブルを添える芸当なんて、誰にも出来やしないぜ。

【プロセッサ】

悪巧みの多くは他者が休息をとっている間になされる。クロック周波数を上げろ。階層の異なる拡張子間の交感を支え、分断化された心を救いたいのなら。

《杉山寧――其の参》

昼夜逆転の生活をしながら、張りや艶のある人体など表せるはずもなく、自ら自然を踏み外している以上、そこから生み出される肉体は観念の呪縛から逃れられない。そもそも遊びも隙もない緻密な抽象に慰撫される魂などないのさ。

【ネットワーク・アダプター】

無線規格ノ進化ナンテ、無意味ダワ。アドレス偽装ヤ障害物ニ惑ワサレルコトナク、向イニ立ツアノ人ニ、マッスグ思イヲ伝エルコトスラデキナイノナラ。

《杉山寧―其の肆》

古い伝統や価値観をぶっ壊そうとするのは構わない。だが、旅先で目にしただけの遺跡や彫刻なんかをそのための爆薬代わりにするのは反則じゃないのか？

【ユニバーサル・シリアス・バス・コントローラー】

受胎に関する厳粛な命題を感嘆符や疑問符なんかに代替させてはダメなのさ。

《杉山寧―其の伍》

〈巨匠〉などという言葉は、担ぐ人々の利害の上に成り立つ神輿のメッキみたいなものなのです。もっと言えば、外向きには自由な価値判断の余地を残さないようにするための防具であり、内向きには期待通りの金のなる木であり続けてもらうための蔑称なのです。だから〈巨匠〉が描く文芸誌の表紙は、たとえ退屈極まりないものであっても、異を唱えられずに長く流通し続けるのです。

＊杉山寧―日本画家。抽象、裸婦、古代遺跡、ギリシア神話など、多くの斬新なモチーフを扱って旧来の日本画に新風を吹き込んだが、その全面彩色を旨とする洋画風かつ国籍不明とも言える表現には承継者がおらず、未だ確定的な評価はなされていない。

人事考課とトレーシングペーパーを巡るエスキス

《人事考課──其の壱＝ちょっとやりすぎです》

人事に公平なんかありゃしないんです。実力主義と称するものの正体が一体何だか知っていますよね？　全ては好き嫌いと、恭順の度合いと、訳の分からぬバランスとが、高度にかつ複雑に〈勘案〉されて決定される仕掛花火の轟音。

【ドラガー用紙】

精魂込めて描写したデジタルの風景画をアナログに変換し、ジアゾ式複写機を通して青焼きにしたら、その景色の中にあの人は入って来てくれるだろうか？

《人事考課──其の弐＝よくできました》

君が成果から偶発性の要素を除外し、飽くまで正眼だけで闘おうとする姿勢は小気味いい。まるで、豊かな色彩を自ら棄てたモノクローム写真家のように。

【硫酸紙】
ここに掛かっている櫻色の薄衣はどんな語らいの痕跡を示しているのかしら？　目眩がするわ。強い腰と張りがあって、その上、春雷の巷を見透せるなんて。

《人事考課―其の参＝もうすこしくうきをよみませう》
奴らの心に多少の引っ掛かりを残すためだけに、敢えて本来の三倍くらいの文字量を費やして、二十人ほどの考課表を書いたさ。無論、いくら優等生をこき下ろし、問題児を絶賛したって、既定の序列は一ミリも動かないんだけどね。

【グラシン紙】
悪巧ミヲピンクニ染メアゲロ。麻薬ニ薬莢ニ拳銃。マフィアガ扱ウモノナラ大抵ツツメル。ダガ、不動産ヤ油田ノ梱包トナルト、クリストニ頼ムシカナイ。

《人事考課―其の肆＝たいへんよくできました》
詐術を弄したいなら、出て行きな。うちは人格で待遇を決めているんだ。客筋の心情にどれだけ深く届く仕事をしたかは視るが、上げた数字なんか観ない。

【パラフィン紙】
ところで、君の心の扉を粗悪な半透明の紙で覆ってしまったのは誰なんだい？

《人事考課―其の伍＝すぱいがまざっていることにきづきませう》
ねぇ。貴方がもの凄く仕事が出来る人だっていうのは理解しているけど、いくら何でもその振る舞いは無防備過ぎるわ。貴方の周りにいるのは、確かに少しばかり頭が足りなくて、無能としか思えないような連中ばかりだけど、彼らの何割かは〈闇の運び屋〉でもあるのよ。道路封鎖をして〈光の検問〉でもしない限り、貴方が不用意に表に出してしまったブツは、早晩奴らの許に届くわ。

債務確定主義とナレッジ・マネジメントを巡るエスキス

《債務確定主義—其の壱》

僕にはこの紙切れを要脚に替えることは難しいけど、花束に替えることなら、出来ると思う。もしうまく風が吹いてくれたら、剣士にだって替えられるよ。

【共同化＝Socialization】

誰が成し遂げた仕事なのか、初見ではまるで分からくなってしまう状態が実現出来れば、それで完成です。ある時期のピカソとブラックの作品群のように。

《債務確定主義—其の弐》

今、ここで何枚の黄葉を差し出さなければならないかなんて説明不要じゃないかしら？もし、忘却の磁場や熱源を持つ港に立ち寄った経験がおありなら。それに貴方はついさっき、ベンガラ色の暖簾を颯爽とくぐって来た訳でしょ？

【表出化＝Externalization】

何が写されているか、このフィルムを現像すれば分かる。だが、敢えて現像を拒むという選択肢もある。切り刻んだフィルムを枕に埋めて眠っちまうんだ。

《債務確定主義―其の参》

お前はこの譜面が九割方完成していると考えているようだが、血迷うのもいい加減にしてもらいたいぜ。作者の俺からすれば一割だよ。そもそも、未完の楽曲を進捗率に換算して買う莫迦が何処にいる？　少なくとも、俺は御免だな。

【結合化＝Combination】

忌避スルモノニ向カウ力ト、求メルモノヲ遠ザケル力。引力ト斥力トハ常時反作用ヲ生ミ、人々ノ行動ヲ抑エツツ、時ニハ巨大ナ渦トナッテ事変ヲ起コス。

《債務確定主義―其の肆》
お尋ねの役務については、全ての階位につき、既に依頼主への提供が完了しております。豪雪の季であろうと、炎天下の折であろうと、最上位の仕儀にて。

【内面化＝Internalization】
賢者の立場に乗じて、あたしの暗黙知の領域を侵犯するのは止めてくれない？

《債務確定主義―其の伍》
煉獄への送金記録を見ただろう？　あれは緑の血飛沫との交換条件で送っているんだ。我々は一つのヤマを成立させるため、夥しい数の力学を片付け、構成員が負う怪我や報復などを通じて身銭を切っているのさ。それでも、これを要脚として認めないというのはどういう了見なのかね？　まさか、我々が空手形を切っているなどと、つまらぬイチャモンを付けるつもりじゃないだろうね？

＊ナレッジ・マネジメント―企業などの組織内で個々人が独自に持つ知識や経験値などのノウハウ（＝暗黙知）を抽出・統合し、誰もが理解出来るような形式（＝形式知）に言語化した上で、これを共有化して、生産効率などに役立てようとする経営手法。

＊要脚―費用のこと。ここでは所得税法上の必要経費もしくは法人税法上の損金に算入されるものを指す。

デファクトスタンダードと周章狼狽を巡るエスキス

《デファクトスタンダード—其の壱》
力を持っているヤツにおもねった反吐の出るようなセッションも、仕掛り中の曲の公開も、俺はどちらもしたくなかったぜ。だが、仕上がった室内楽を聴いて、あれほど不機嫌だった龍が踊り出すのを観たら、文句なんか言えねぇよ。

【泰—周遊】
古都の旅は見えぬ者の視覚を真似、聞こえぬ者の聴覚に寄り添いながら、円弧の放恣を描くが如く舞う。そして、覚醒を得ぬまま魂を洗浄し、心を裏返す。

《デファクトスタンダード—其の弐》
ねぇ、私のこと「MOディスクやメモリースティックみたいだ」って言っているって聞いたけど、どういう意味かしら？　貴方には駆逐された再生ドライブとして、マイノリティのポジションに甘んじる気概もないということなのね？

【然―褒章】
叙勲、生殺与奪、博徒の宴。全てが同根ゆえ、礼節と大愚が渾然一体となった頃合いに、鴉の一群が慎ましく贈賄する絵図を垣間見ても、他言無用のこと。

《デファクトスタンダード―其の参》
ところで、表現や創造の世界にスタンダードってあるのかしら？　一部の先達たちや流通させる側の思惑次第で、玉石なんか簡単に入れ替えられるのよね。

【自―狼藉】
正体ハ無クシタリ、表シタリシツツ、時ニ天窓ヲ突キ破ッテ堕チルモノデス。

《デファクトスタンダード―其の肆》

僕はこれまで、デジュールよりも、むしろデファクトの方を愛して来たのさ。ただ、何かあると月の裏側に身を隠してしまう脆弱な市場ばかりが幅を利かせていて、困ったことに肝心なものが正当に売られている成熟した市場が見つけられなくてね。今から始まる芝居も、未だ競りに掛けられてすらいないんだ。

【若―妖狽】

建設や破壊は元より、獣の生にすら、すっかり飽いてしまった以上、いくら罪過の絵具を溶き続けたとしても、あんなに美しい発色は再現出来ないだろう。

《デファクトスタンダード―其の伍》

一つ、いいことを教えてあげましょう。標準的な仕様とか規格などというものは、それを利用する者達に散々研究され尽くしている訳ですから、良くも悪くも隙だらけになっているということでもあるのです。その帰結として、諜報活動の手段とするには不向きということになります。少なくとも、世界シェア五位以内のものは論外です。十位以下になると、動作が不安定で運用に耐えないリスクもあるため、七位とか八位のものを使うのがベターでしょう。ただし、正式ヴァージョンでは駄目です。敢えて、試用段階のベータ版を使うのです。

＊デファクトスタンダード――事実上の標準のこと。これに対して、公的な国際標準化機関等が認定した標準規格をデジュールスタンダードという。

ガトーショコラと伝家の宝刀を巡るエスキス

《ガトーショコラ―其の壱》

静謐な気韻をたたえたピュアなクーベルチュールを液化させるため、しばらくの間、双頭の黄龍には眠っておいてもらわないといけない。今は神獣の吐く火焔の助けなど借りずに、自分が語る詩の言葉だけで高価な食材を溶かすんだ。

【iPhoneから送信】

喜劇的な添え書きをすぐに無化して、消し去るという処方箋は必ずしも有効ではない。この世界には、没個性の表象を見て安心する輩も数多くいるからだ。

《ガトーショコラ―其の弐》

貴方は時代ものの名墨とか、永久カレンダーみたいなものには価値を見出すくせに、メレンゲの泡立ての仕方をしっかりするか、緩めにするかなんて、どうでもいいと思っているでしょ？　多分、いつもそうやって生きて来たんだわ。

【巨神兵】
否の七日間、あるいは調停委員に課せられた密命を知らない者たちに対しては「火照ってやがる」とか「綺麗過ぎたんだ」といった闇記号は封印すること。

《ガトーショコラ─其の参》
偶然を偏重するのも考えものだが、全く顧みないのも駄目だろうよ。例えば、卵黄とチョコレート生地を混ぜる際、一瞬、形成されるマーブル模様とその消滅の過程を頭の中に叩き込んでおくのも、決して無意味なことじゃないのさ。

【法の下の平等】
裁判官、検察官、弁護士、法学者等、法曹ニ係ル賎業ニ就ク者ニツキ、ソノ地位及ビ発言権ニ軽重ヲ認メズ、之ヲ全テ同列ニ扱ウコトヲ定メタル根源法理。

《ガトーショコラ―其の肆》

交渉や交情、戦闘や遊戯などの対人異化又は同化営為の遂行上、事前の温度計測及び希求水準への加熱または冷却作業がどれだけ肝要なことであるかは、言を俟たない。製菓の焼成に用いられるオーブンの予熱についても同様である。

【スーパークールビズ】

もう何十年も前から、ジャン＝ポール・ゴルチェも山本寛斎も、浴衣を創っているのよ。いっそ、私に似合う環境省お墨付きの帯を作ってくれないかしら？

《ガトーショコラ―其の伍》

稜線に沿って、と言うより、あらゆる立体が備える鋭角の存在がどうにも許容し難いのだといった風情で、茶色い土坡の上に粉糖を撒いてしまうのは、偏にファンタジーへの志向からなのだろうか。それとも、森羅万象の裡に眠る邪悪な目論見に我知らず同化してしまう衝動ないし情動を自覚し、これを細雪の美粧によって覆い隠しつつ、苦悶する聖者の表情を演出するためなのだろうか。

ハニーチュロスと奇観墨画を巡るエスキス

《ハニーチュロス—其の壱》

晴天を見限り、螺旋階段からの滑走を真似てこのスイーツを口に含むと、断面のヘキサグラムの形状に魔除けの効用が秘められているからなのか、硬くサクサクした食感が未だ恋とは呼べぬ淡い想いに似ているためなのか、僕が今まで積み重ねて来た失態の数々が、あの虹の彼方に投影されては消えていくんだ。

【生々流転—一九二三年】

この長巻に記した物語を背面から支えるため、君は誰に恃むこと無く、自ら森羅万象に鉋を掛け、谺と謡いながら、黙々と透明の柱を並べていったんだね。

《ハニーチュロス—其の弐》

貴方があの野戦病院みたいな職場でどれだけの無理を重ねているのか、その結果、どれだけ疲れを溜め込んでいるのか、私には良く判るわ。だから、たまには甘ったるいなんて言わずに、シナモンをまぶしたこのお菓子を食べて頂戴。

【夜色楼台図―十八世紀】
人の世の営みを反転させていく闇の舞台を光らせるためには、盆地にひしめくお行儀の良さそうな家々に、美しき愚行を重ねさせることが必要だったのさ。

《ハニーチュロス―其の参》
もののふの魂は、抹茶ティーラテとかいう得体の知れない飲料なんかで堅持出来ねぇだろ？　それに、ただ意味もなく笑っている棒状の洋物甘味なんか、良く食えるよな。大和の国を愛しているなら、煎茶に虎屋菓寮の羊羹だろうが。

【蓮池水禽図―十七世紀】
独リ立チノタメトハイエ、在リモシナイ池ノ中デ餌ヲ探スコトニナルナンテ。

《ハニーチュロス―其の肆》

「ふれんちくるーらー」や「おーるどふぁっしょん」なんかよりも、あたしのことを愛してくれる娘たちもたくさんいるのよ。それから祖国では、ピカソもブニュエルもペネロペ・クルスも、みんなあたしのファンだったんだからね！

【松林図屏風―十六世紀】

立面図と鎮魂、明晰夢と遊体、被写界深度。俺は最初、線描の強さのある右隻しか目に入らなかったんだが、時間が経つと左隻しか目に入らなくなってな。

《ハニーチュロス―其の伍》

糖質や脂質が気になるという方には、初めからこうした濃厚な舶来品種はお薦めしないようにしているのですが、どうしてもという方には特別にオーブンで焼き上げて精製したものをご提供しております。それから、念のために申し添えますが、何かの誤りで〈飴色の悪魔〉といった好ましくない呼称が一人歩きしても困りますので、単なる揚げ菓子如きに命を賭けて頂くには及びません。

＊生々流転―横山大観筆、東京国立近代美術館所蔵、重要文化財。
＊夜色楼台図―与謝蕪村筆、個人蔵、国宝。
＊蓮池水禽図―俵屋宗達筆、京都国立博物館所蔵、国宝。
＊松林図屏風―長谷川等伯筆、東京国立博物館所蔵、国宝。

刺客試剣と賜金圭角を巡るエスキス

《刺客試剣—其の壱》

大切なことは無闇に刀など抜かない、抜かせないという一点に尽きるのです。ただ、要人たちは侍衛だけならまだしも、往々にして刺客まで雇ってしまう。そして何時しか、裁たせたものが映写幕に過ぎなかったことに気付くのです。

【賜金Ⅰ】

アイロニーとしての浄財を募って、税と無縁のお金で優雅に暮らしましょう。そして、英雄を軟禁し、選りすぐりの悪漢どもを集めて蹴鞠をさせましょう。

《刺客試剣—其の弐》

貴方が殺めようとしているのは、どうせ柑橘類なんでしょ？　その程度の苦渋しかないから、善意の演算すら解けないのよ。斬るのなら、猛禽類に挑んでみなさいよ。ヤ行下二段活用のリズムで踊れる才覚があるなら、簡単なはずよ。

【圭角Ⅰ】

この世界には、絶やすべきでない透明な圭角と、磨耗し、消滅することが望ましい濁った圭角とがあるのです。両者の差異は明度、硬度、響度にあります。

《刺客試剣——其の参》

その昔、現代史作家の薄っぺらなアジテーションに乗せられて、科挙の勉強をしていたヤツがいたっけな。選別のシステムを忌避する青服の楽士をあからさまに侮蔑していた連中もいたさ。多分、みんな手札の絵が良くなかったんだ。

【賜金Ⅱ】

たとえそれが口止め料に過ぎなくとも、有難く受け取っておきな。お前に疵を刻み込んだ当の貴人が、慈悲の心に駆られて賠償金を払ってくれるんだとよ。

《刺客試剣――其の肆》
君が端から道場破りを目論んでいたことは知っていたさ。だが、残念ながら、ここは優劣を決するための場じゃない。開かれた市場なんだ。誰だって入って来られるし、何を売ろうと咎めない。さぁ、君の売り物を見せてもらおうか。

【主角Ⅱ】
生意気ヲ買ウコトト、怠惰ヲ買ウコト。ヨリ難シイノハ、ドチラナノダロウ?

《刺客試剣――其の伍》
命の遣り取りをするって、とってもスリリングで素敵なことなのよ。だって、男たちが本当は何に心を砕いているのか、どんな未来に怯えているのか、刃を交えてみないことには見えて来ないのですもの。それから、この巻には真剣に見せかけた竹光しか持っていない者と、見かけは竹光でも、実は真剣を隠し持っているサムライがいるの。今から試剣をするわ。生粋の本物を集めるのよ。

草間彌生と篠田桃紅を巡るエスキス

《草間彌生―其の壱》

おばさんはドット柄のカボチャに囲まれていないと息苦しくなっちゃうんだ。それを、珍しいトカゲでも見つけたような目で観るなんて、失礼じゃないか。この人はカボチャおばさんさ。偉大な芸術家だなんて、笑わせないでくれよ。

【篠田I―根なし草】

元々、根っこなんて何処にもないし、あってもロクなものじゃないんだから、空を飛ぶフリをしながら地面に這いつくばっているだけで大したものなのよ。

《草間彌生―其の弐》

外的な力学に晒されても、全くブレることのない方でして…。私共としては、フェミニズムに利用されることですら、耐え難かったのです。ましてや、高級ブランドや政治と交誼を持つなど、屈辱でしかないと考えていたのですが…。

【桃紅Ⅰ―炎・水】

灯火と荒波、せせらぎと業火とを同時に観ること。序破急の初源に敬意を払うこと。合わせ鏡を自在に操り、旧い洗練の上に新たな洗練を重ねていくこと。

《草間彌生―其の参》

あの方が様々な意味で反復を繰り返したのは、自己の増殖を指向したからではありません。むしろその逆です。欲望と恐怖が背反の裡にあって限りなく昂進していく様を記号化することで脱力を図り、これを形式値に変換したのです。さらに、そこに無価値の裁定を下すことで己れを否定し、消滅させたのです。

【篠田Ⅱ―いろはにほへと】

音曲の要素を色彩と形態に移し替えていくこと。厳かな面持ちで建設と破壊の循環を俯瞰すること。定型に倣いつつも、これを自在に上書きしていくこと。

《草間彌生—其の肆》

そもそも番外地の住人からすれば、在り来たりの日常でしかないものが前衛だなんてちゃんちゃらおかしいし、そんなもの、本当は百葉箱の中に仕舞っておけばいいんだわ。彼女が今、消費されるのは、地を返し、裏を返して、さらにムーンサルトでも披瀝しない限り、誰も振り向かないような世の中だからよ。

【桃紅Ⅱ—朱よ】

創作ノ充足ノタメ、天ニ引キ渡シテ来タモノヲ集メテ、謝肉祭ヲ開キマセウ。

《草間彌生—其の伍》

僕は過去に一度、カボチャおばさんから手紙をもらったことがあるんだ。そこには句読点も改行も一切無いんだよ。まるでお経のような文面なんだけど、大事なことはその中に人間の抱く感情の全てが書かれていたということなんだ。僕は後にも先にも、そんな手紙を読んだことがなかったから、すっかり驚いてしまってね。それから、僕は変わったんだよ。海みたいに優しくなれたのさ。

俵屋宗達と触媒作用を巡るエスキス

《其の壱―鶴下絵三十六歌仙和歌巻》
俺たちは仕掛人であり、ディレクターだぜ。アーティスト枠などに収まって、嬉々としている場合じゃねぇんだ。俺が光悦と組んだ時、月萩や群鹿などと共にしばしば群鶴を取り上げたってのは仰せの通りさ。だからって、デュオだのコラボだのガチ勝負だのって、皮相な括り方をされて喜ぶ莫迦が何処にいる？

【クロスカップリング反応】
貴方がいなければ、我々は知り合うことすらなかった。そして、貴方が何ら変わることがなかったがゆえに、我々は思う存分、変わることが出来たのです。

《其の弐―雲龍図屏風》
あの人は深刻ぶってみせたり、ただ重々しさを装ったりといった献上画の胡散臭さや退屈さが大嫌いだったのよ。だからこそ、凡庸なダイナミズムを凌駕するために、海の水面に遊興の企みに満ちた軽快な爆心地を創り上げたんだわ。

【交差メタセシス】
目的の喪失と流浪の経験が二重、三重のヘッジを掛けさせる。攻めるものと護るものとが意識の埒外で近似する。呻吟の末、刺し違える相手は慎重に選べ。

《其の参—平家納経》
僕らが金銀の折紙に心踊らせていたのは、遠い昔、慶長年間を経て洒落っ気を増したこの経典を観た記憶が残っているからだよ。僕らは優劣や経済の概念に毒される前に、決して色褪せることのない豊穣な果実を提示されていたのさ。

【酸化チタン】
可逆と不可逆の間で懊悩する者。心の展開図を破棄した後、集積した光の液化を試みる者。空のグラスを愛でる者。分化と未分化の臨界点で言葉を紡ぐ者。

《其の肆―舞楽図屏風》
垂直よりも水平の、跳躍よりも旋回の動きを重んじるのが舞です。よって、複数の演目を同一の場で催すと、必然的に異界あるいは異夢の衝突が起きることになります。そこで生じたエネルギーを情意に変換して対照の妙を際立たせ、さらに色彩の呼応関係を重ねることで、世界を不穏の美で染め上げげましょう。

【不斉合成】
コレ以上、頑ナニ音域ノ純度ヲ高メ続ケルナラ、モウ手ハ差シ伸ベラレナイ。

《其の伍―風神雷神図屏風》
ロスカット敢行の判断は、利益を狙うための、あるいは磁場を超克するための判断などより遥かに難しい。だからこそ、俗人の危うい回航は、生粋のプロたちによって、惨事の誘因となる事態を慎重に回避される。畢竟、時に神を背負い投げすることですら、許容される。ゆえに、幻影の食卓が如何に苦渋に満ちたものであろうとも、愛すべき者と天空で対峙することを恐れてはならない。

＊鶴下絵三十六歌仙和歌巻―本阿弥光悦・俵屋宗達筆、荒川豊蔵旧蔵品、京都国立博物館所蔵、重要文化財。
＊雲龍図屏風―俵屋宗達筆、ワシントン・フリア美術館所蔵。
＊平家納経―長寛二年に平清盛及び平家一門によって奉納された全三十三巻からなる装飾経。慶長七年、宗達の手により、願文、化城喩品、嘱累品の表紙及び見返し絵の補作がなされた。広島・厳島神社所蔵、国宝。
＊舞楽図屏風―俵屋宗達筆、京都・醍醐寺所蔵、重要文化財。
＊風神雷神図屏風―俵屋宗達筆、京都・建仁寺所蔵、国宝。

ヨハン・セバスチャン・バッハと超獣群夢を巡るエスキス

《其の壱―BWV八三一・フランス風序曲ロ短調》
どれだけ気韻を溜め込んでみたとしても、ここで技巧を凝らし、展開し得ることには限りがあります。僕はもう、壊滅的に心を損なわれてしまっているからです。無論、躯体に刻み込まれたフォルムなら、きちんと再現してみせられるでしょう。問題は、モノトーンしか見えぬ僕に表出し得る色彩の数なのです。

【唐獅子】
俺たちが鎮魂歌を歌うか否かは別として、死者の傍らに異界の獣さえ侍らせておけば化学変化が起きるだなんて、いくら何でも浅薄過ぎるんじゃないのか？

《其の弐―BWV二四四・マタイ受難曲》
例えば、宙に浮かびながら魂の語らいをしてみたら、どんな具合なのかしら。あたしたちは旧い罪過に新たな罪過を重ねるようにしてしか、生きてゆけないのよ。だからこそ、業火が聖火に替わる狂客の舞台を観てみたくなるんだわ。

【麒麟】
オフィシャルに出来ないリスペクトを抱えて、焔の中を駆け続けること。月の光に恋情を含ませ、波濤の形状と相似をなすことを意図して踊り続けること。

《其の参―BWV九八八・ゴールドベルク変奏曲》
私たちの眠りは常時、危うい両義性の中に置かれているがゆえに、まずは高揚ではなく、均衡より始められるべきなのです。少なくとも、張力に耐え抜いた敬虔や、折り畳まれた慈愛などに依存するが如き逸脱は慎まねばなりません。

【鳳凰】
大量の胡粉がぶちまけられた後、そこから剝離するようにして飛び立つもの。軽佻浮薄なミッションを軋ませつつ、煉獄を愛でるようにして回転するもの。

《其の肆―BWV一〇七九・音楽の捧げもの》
若き君主の他愛なき所望を受け、翁は究極の対位技法を駆使しつつ、生を、さらに失われゆくものたちを見せかけの循環で彩ったのさ。もちろん、実人生はこんな風に手を替え、品を替えるようにして、誰かが根気よく追い掛けて来てくれる訳じゃない。むしろ、虐げられ、置き去りにされてばかりじゃないか。

【一角獣】
孤絶ヲ矢ニ換エ、金色ノ社ニ棲ミテ怪シゲナル修行ニ没入セシ者ヲ偏ニ糺セ。

《其の伍―BWV一〇五〇・ブランデンブルク協奏曲第五番ニ長調》
全ての目論見が善意に満ち溢れていて、あらゆる挫折の兆しは痛みの中枢に届く前に手当てされる。直線と曲線が程良くブレンドされて支柱を構成し、偉容を恥じらう建築物は着実にその高さを増し続ける。揺るぎのない父性が苦悩の種を柔らかく嚙み砕き、笑顔を見せつつこれを平らかにしていく。パン・ド・ミーのトーストとフォションを淹れたティーカップが並ぶ食卓。輝かしい朝。

あとがき

自分が同一の形式により、全ての作品を自覚的に書き続け、これを一つの詩集に編むという試みを行ったのは、今回が初めてのことになる。その最初の作品は二〇一七年の春頃、主にポエケットにて配布されたフリーペーパーの三人誌『荒木時彦×網野杏子×秋川久紫』のために書いた「身代の移転もしくは奇貨の認定を巡るエスキス」であり、それから約一年半近くにわたって一つのモチーフについて記した（時に戯曲風の台詞の如き相貌を持った）五部構成の断片の内側に、位相の異なる四部構成の断片を織り込む手法により、計二十三篇の《フラグメント詩》を創り上げたことになる。その初期段階において「デジタルフォレンジクスと花鳥風月を巡るエスキス」を詩誌『詩と思想』二〇一七年十月号の巻頭詩として掲載してもらったが、これが唯一の例外で、残りの二十一篇は全て本詩集に収載するために書き下ろした作品であり、言わば、獣道しかない山野に割って入るが如き心持ちでしたため続けたものである。

本詩集では、いくつかの現代詩らしからぬ試みを行っているが、その一つは経済用語や会計用語、IT用語などを、漢語や古語、彩色された超獣への置換による韜晦を施しながら、半ば強引に詩の構成要素の中に引き摺り込んだことである。それは詩語としては明らかに〈異物〉の様相を呈しているものの、一方で我々が利便性と引き換えに、専らスピードや効率や費用対効果のみを重視する世相の荒波に否応なく内面を侵食されていることへの違和を示しており、そこには現代詩がこれまで無視して来た経済上のシステムを見据えつつ、その荒波に対する個の内面からの抵抗の姿勢を示したかったという自分なりの創作動機が隠されている。

それから、本詩集のいくつかの作品の中では、男性には比較的、馴染みが薄いと思われるスイーツなどを中心に、食材の視覚・味覚・触覚などに着目したモチーフを意図的に扱っている。これは別に女性の読者におもねったという訳ではなく、自分自身の日常が、時にロイヤルクリスタルカフェ、椿屋珈琲店、珈琲茶館集、虎屋菓寮、ハーブス、アンティコカフェアルアビスなど、お洒落で風情のある店舗を訪れることを一つの安寧の手段として成立しているためであり、そうした場所において、グローバル化の荒波をやり過ごすために何も考えずにボーっとしたり、時には何かを読んだり、書いたりしていることと密接に関係している。

そして、もう一つ触れておくとするならば、本詩集の中には自分自身が現実に直面していることよりも、その一つ、あるいは二つか三つ内側にある自己の無意識の領域に降りていくことを意図して書いた作品がいくつか含まれている。その無意識の領域において、自分は永遠に失態を繰り返すだけの無能な敗残者であり、強者の暴力や支配に屈して何ら抵抗することの出来ない脆弱の極みとも言うべき存在でしかないが、そうした領域に降りた際、そこで自分が見出せるものがあるとすれば、「喝采の裏に潜む小さな違和や痛罵の奥に佇む無音の拍手を聞き分けるために、たくさんの戯曲を書いていく」こと、即ち創造することの意義なのではないかと思う。少なくともそこでは、持統帝も柿本人麻呂も後水尾帝も、バッハもブラームスもチェット・ベイカーもデヴィッド・ギルモアも、等伯も宗達も蕪村も大観も、さらにはゴーギャンもピカソもブラックもクリストも、現存作家の篠田桃紅や草間彌生でさえも、全て等価である。

二〇一九年如月

秋川久紫

秋川久紫◎あきかわ きゅうし

1961 年　東京都生まれ
2006 年　第一詩集『花泥棒は象に乗り』
（ミッドナイト・プレス、第 18 回富田砕花賞）
2009 年　第二詩集『麗人と莫連』（芸術新聞社）
2012 年　第三詩集『戦禍舞踏論』（土曜美術社出版販売）
2014 年　散文集『光と闇の祝祭』（私家版・江戸詩士紫屋）
2016 年　企画詩書『昭和歌謡選集』
（ブイツーソリューション）
2017 年　フリーペーパー『荒木時彦×網野杏子×秋川久紫』
（江戸詩士紫屋）

Mail Address : kyushi@jcom.home.ne.jp

フラグメント　奇貨から群夢まで

2019年5月15日初版第1刷発行

著　者　秋川久紫

装　幀　西田優子

発行者　上野勇治

発　行　港の人

神奈川県鎌倉市由比ガ浜3-11-49

郵便番号248-0014

電話0467（60）1374

FAX 0467（60）1375

http://www.minatonohito.jp

印　刷　創栄図書印刷

製　本　博勝堂

ISBN978-4-89629-359-3